1인용 기분

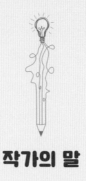

작가의 말

　그러니까 나는 몇 인용짜리 사람일까.

　내 이름 앞에 인용이 붙는다면 어떤 숫자가 어울릴까.

　나는 무엇을 얼마나 나눌 수 있는 사람이려나.

이런 메모를 2017년 봄에 발견했습니다. 언제 쓴 것인지, 왜 그런 생각을 했는지

는 기억나지 않았습니다. 잠시 고민하다, 펜을 들어 몇 개의 단어들을 덧붙였습

니다.

　1인용 기차. 2인용 칫솔. 3인용 서울.

　0인용 윤파랑.

그리고 이 메모는 머릿속에서 불어나, 몇 달 뒤에 '1인용 기분'이라는 만화 제

목이 되었습니다.

저는 마음을 읽히고 읽는 일에 자주 실패했습니다. 다른 사람이 제 마음을 몰라 줄 때도 있었고 제가 다른 사람의 마음을 잘못 받아들인 때도 있었습니다. 타인과 나누기 어려운, 그리고 가끔은 자기 자신도 이해하기 어려운 1인용 기분들은 저뿐만이 아니라 모두에게 해당하는 말이라고 생각했습니다. 그렇게 오롯이 모두가 혼자라는 느낌으로 만화를 시작했는데, 이야기를 진행할수록 혼자였다면 느낄 수 없던 기분들이라는 의미가 추가되었습니다. 어긋남이 실패가 아닐 수도 있음을 저는 이제 믿습니다.

기분은 감정이라는 단어와 혼용되어 쓰이지만 기분은 보다 오래 지속되는 감정들을 의미한다고 하죠. 부디 이 책이 조금 더 오래 마음에 머무는, 그런 것이 되었으면 합니다.

무거운 이야기들이 많음에도 걸음을 함께해주신 독자분들, 부족한 제게 연재의 기회를 주신 네이버 웹툰, 책을 만드느라 고생해주신 비아북 가족분들과 김경희 디자이너님께 다시 한번 감사를 드립니다.

2018년 가을,

윤파랑

#Contents

#평범한 하루

이상해

웬일로 사료가
그대로 있네.

사료 맛
바꿔줄 때가
됐나?

미안해

네, 언니. 동물병원이에요.
범백키트랑 혈액검사에선
문제없다는데...

어떻게 해요...
복막염 의심하시던데...
진짜 큰 병이면...

혹시 모르니
다른 정밀 검사도
하자 하셔서
기다리고 있어요.

별일 아닐 거야.
많이 아픈 거여도
바로 병원 데려갔으니까
괜찮을 거야.

해프닝

다행이에요.
아무 이상 없습니다.
간수치도 정상이에요.

그런데, 한 가지...

그래도 단순한
해프닝으로 끝나서
다행이야.

오늘 하루...
너무 길었다...

모모가 습식사료 먹을 때는
이런 소리가 남

보통의 일상이
실은 얼마나 깨지기 쉬운지 알게 된 날.

오늘이 특별하기를
매일 기대하지만,

그리고 똑같이 유지되는 온기 덕분에
내일을 품을 수 있는 날.

오늘도
무탈히.

계속 특별하게 여겨야 하는 건
별다를 것 없는 하루란 걸 알게 된 날.

하지만
내일부터는
정말 다이어트
시켜야겠다.

무거워.

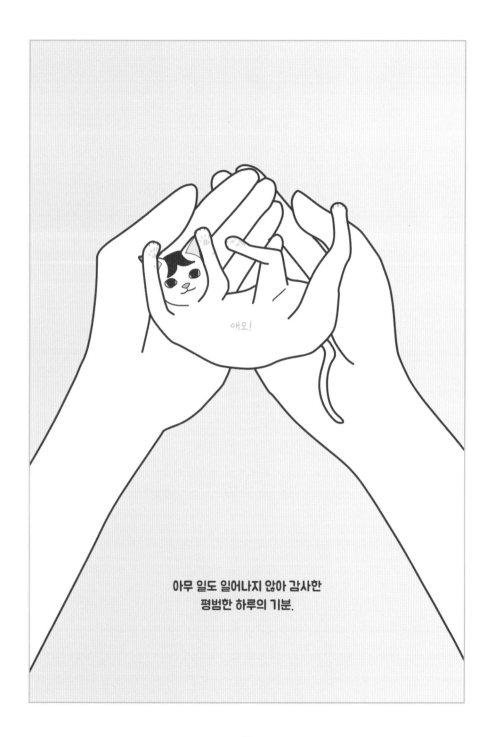

아무 일도 일어나지 않아 감사한
평범한 하루의 기분.

고양이와 함께하는 하루

2018년 9월 1일.

모모는 네 살이 되었다(김 시인이 고양이를 구조한 날을 모모의 생일로 쇠고 있다). 네 살의 모모는 건강하고 게으르며 거대하다. 나는 아직까지 모모보다 길고 우람한 고양이를 본 적이 없다. 물론 모모만큼 사랑스럽고 완벽한 고양이도 본 적이 없다.

나는 모모의 생일날마다 고양이 수명을 곱씹으며 내게 남은 인연의 시간을 셈한다. 길고양이의 수명은 3년, 집고양이의 수명은 15년이라고 하니 이제 우리에게 남은 시간은 10여 년 정도일 것이다. 계산이 거기까지 다다르면 오늘 하루조차 절실해진다.

고양이와 함께하는 삶을 무어라 요약할 수 있을까. 따뜻하고 포근하지만 한편으로는

먹먹한 이 기분을. 그저 바랄 뿐이다. 고양이 특별식을 준비하고 탄생을 축하하는 이 귀여운 연례행사가 조금이라도 더 오래가기를, 마지막 하루까지 모모 네가 건강하고 게으르며 행복하기를.

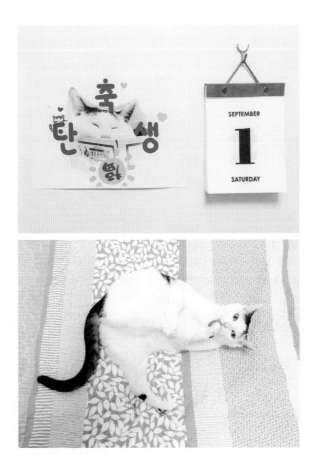

#추억

나이 차이

소화시킬 겸
우리 잠시 걸을까요?

넹!

부장님이랑 있으니
점심시간
길어져서 좋다~

와~ 이 골목에
이팝나무가 있었구나.

네, 예쁘죠? 꽃 폈을 때
눈 내린 것처럼 보여서
좋더라구요.

이게 이팝나무예요?
가끔 보기는 했는데,
이름은 몰랐어요.

전에는 이팝나무를
신세대 나무라고 불렀어요.
어느 날 갑자기
확 늘어나가지고.

19

그래도 조금 먼 훗날,
누군가 나를 뒤돌아봤을 때

그렇게 뻔한 사람으로 기억되지는
않았으면 좋겠습니다.

그리고 나도 지금의 인연들을
나만의 방식으로

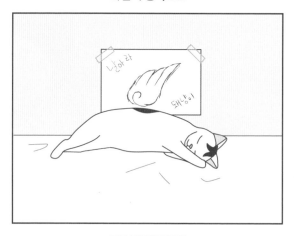

조금 더 각별하게
간직할 수 있으면 좋겠습니다.

순간의 마음을
오래도록 간직하고 싶은 기분.

#오해 (1)

회의

이번 분기 광고 예산은
애니메이션 제작까지
포함된 거라 사실은
줄어든 거라 봐야 돼요.

다들 어렵겠지만
요령 있게 부탁해요.

은국씨는요?

우리끼리 먹으래요.
부장님께 드릴 얘기가
있대요.

파랑씨가 모모 출판사
다녔었구나.

푸짐한 애오오오 국수

나도 이름 들어봤어요.
근데 왜 관뒀어요?

뭐... 그냥...
이유야 많은데...

종합해보면 결국은
사람 때문이네요.

오후

맞다, 주방세제!

사무실 먼저 가세요.
저는 편의점 좀
들렀다 갈게요.

은국씨는 부장님한테
할 얘기가 뭐였으려나.

애니메이션
얘기였겠지?

...사람 좋은 척.

그렇게 살면
안 피곤한가.

...

#오해 (2)

잡생각

그래, 너 땜에
존나 피곤하다...

조금의 편견도 없이 서로를 바라보는 일.

그건 불가능할지 모릅니다.

수많은 오해들은 내가 아니지만,

다양한 오해들로 만들어진 사람.

누군가에게 나는 호감 가는 사람이고,

누군가에게는 얄미운 사람이고.

또 사랑 때문에 회사에서 도망치고 싶진 않은데...

동시에 모두 나이기도 합니다.

바로 그게
'나'라는 사람입니다.

그래, 어쩌겠어.
이게 나인걸.

사랑이니까
좋은 점도 있고
나쁜 점도 있는 게
당연한 거지?

애오~

남은 오해들

엇, 은국씨! 안녕하세요~

아... 네. 안녕하세요.

우리 잠깐 얘기 좀 할래요?

오해한 적 없는데요.

어제 부장님하고 무슨 얘기 하셨는진 모르겠지만 오해가 있으면 풀고...

...

좋은 쪽이든 나쁜 쪽이든,
앞으로도 오해들은 계속 쌓여갈 것입니다.

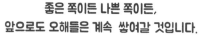

그럼 대화할 마음
생기시면 그때...

진짜 괜찮습니다.

들으라고 일부러
험담 중얼거리는 것보단
대화가 낫지 않아요?

...

나도 누군가를 내 입장에서만
생각할지도 모릅니다.

하지만 엇갈리는 관계들에
정해진 답은 없고,

먼저 들어가겠습니다.
대화할 마음 생기면
다시 얘기해요.

근데... 저도 오래는
옷 기다려드려요.

한 가지 오해로만 정의될 나도
여기엔 없습니다.

넘 돌직구였나?
앞으로 회사생활
진짜 피곤해질지도...

가죽재킷
사야겠어.

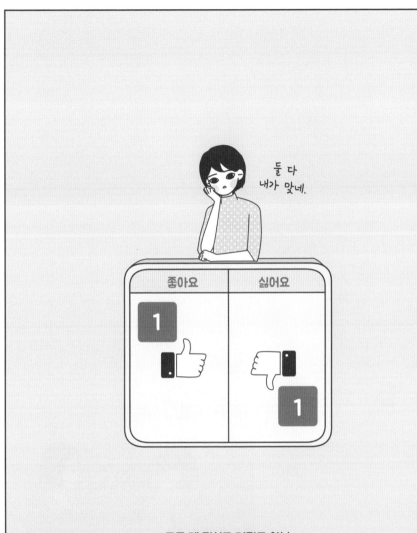

모든 게 진실도 거짓도 아닌
나에 대한 오해의 기분.

#비

우산

에고... 그거 저녁이에요? 오늘 야근?

요즘 바쁘네요. 아! 우산 챙겨요. 밖에 비 와요.

왼쪽 비

"내가 너의 손을 잡고 걸어갈 때
왼쪽 비는 내리고 오른쪽 비는 내리지 않는다.*"

좋아하는 시의 한 구절입니다.

아마도 시인은, 지금 내가 보는 장면과
비슷한 걸 보았을 것입니다.

한쪽 어깨가 젖도록
옆 사람에게 우산을 기울이는
다정한 모습을.

* 이수명, 「왼쪽 비는 내리고 오른쪽 비는 내리지 않는다」 중에서

43

하지만 과연 나는,

다른 이에게 얼마나 많이
어깨를 내주는 사람일까요.

빗소리

빗소리 아래서는
혼자 있다는 느낌이 강하게 듭니다.

빗소리에 다른 소음이 묻히는 느낌.

그래서 밖과 내가 차단된 듯한
그 단절감이 좋습니다.

하지만, 그렇게 혼자이고 싶으면서도

또 한편으로는
비가 온다고 말할 상대를 찾습니다.

고작 날씨로도 서로를
떠올려주는 마음이 있다면,

비에 젖어도
그리 나쁘진 않을 것 같습니다.

모모야,
여기로 와.

어깨가 젖어도 좋을 것 같은
비 오는 날의 기분들.

#듣고 싶은 말

소연의 연애

끙…

엇, 파랑씨!
나 상담 좀
해줄래요?

...하지만!

이성 사이에 아무 감정이 없기는 쉽지 않은 법!!

그쵸~? 파랑씨가 봐도 이상하죠?

사귀기 전에 확실히 해두는 게 좋겠죠?

이상한 촉이 온다면 더더욱 의심해봐야죠!

네! 당연하죠~

중간에 소연씨가 원하는 말 눈치채서 다행이다.

메리지 블루

엇, 파랑아 거기서 뭐 해?

언니 왔어요? 전 웹진 기사 쓰고 있었어요.

* 제품 광고와 달리 기업 광고는 웹진(인터넷 잡지), 카드뉴스, 웹툰 등의 홍보콘텐츠로 기업의 이미지 및 소식을 관리함.

책상에서 하고 싶은데, 모모가 안 비켜줘서...

또 자리 뺏겼구나? 근데 너 웹진도 맡게 됐어?

독립출판이 주제라, 회사 동료 거 이번만 돕기로 했어요~

그런데 요즘 나온 책들 검색해보다가

사람들이 요즘 듣고 싶어 하는 말 알게 됐어요!

파랑이한테는 오늘 내 얘기 하지 말아야겠네.

듣고 싶은 말이 뭔지 나도 모르겠으니까.

나는 먼저 들어가서 쉴게. 너두 쉬엄쉬엄해~

넹~

괜찮다... 괜찮다라...

진언이랑 나... 정말 괜찮은 걸까?

#듣지 못한 말

가까운 고양이

대박~
대바아아악~

이건 너무
귀엽잖아~~

가까운 사람

잘 먹겠습니다~!
근데 왜 밥공기가
하나예요?

난 생각 없어.
점심을 늦게 먹어서.

당분간 우리
반찬 걱정은 없겠다.

예비 사위 온다고
엄마가 또 이것저것
많이 했더라구...

덕분에 제 입이
호강이네요.

나 밥 먹는 거
옆에서 보려는 건가?
나한테 할 말 있나?

음... 오늘 자리는
어땠어요?

진언이가
우리 부모님한테
살갑게 잘해.

모르는 사람이 보면
친아들인 줄 알 정도로.

59

나도 시댁에 그렇게 편하게 대할 수 있음 좋겠는데...

지나야 밥 잘 챙겨먹기!

시댁이 어렵긴 하죠...

그치만 언니도 싹싹하게 잘하시면서~

내가 좋은 시부모님 만나긴 했지.

언니 할 말은 이게 전부..?

근데 왜 기운이 없어 보인담...

가깝지 못한 밤

멀리 있는 것은 작게 보이고
가까이 있는 것은 크게 보여서

내게서 먼 것부터 자세히 보려고
노력해왔는지 모릅니다.

꼭 멀리 있는 것들만
작게 보이는 건 아닌데도

충분히 다 보았다고
자만했는지도 모릅니다.

손 내밀면 닿을 곳에
내가 보지 못한 장면들이 충분히 많은데,

언제든 들을 수 있다는 이유로
언제나 제대로 듣지 못했습니다.

#할 수 없던 말

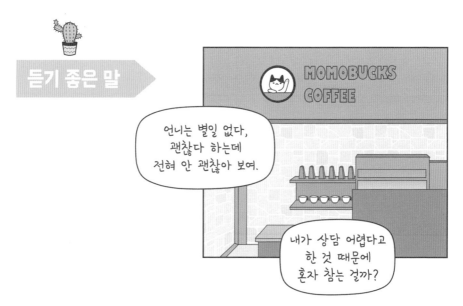

듣기 좋은 말

MOMOBUCKS COFFEE

언니는 별일 없다,
괜찮다 하는데
전혀 안 괜찮아 보여.

내가 상담 어렵다고
한 것 때문에
혼자 참는 걸까?

며칠 뒤

젠장...
젠장할 광고주...

지나 언니♥

언니ㅜㅜ 저 오늘도
새벽에 퇴근할 거 같아영ㅠ
저 대신 모모 밥 좀
부탁할게요...

에구~ 또 야근해?
모모는 걱정 말고
너도 끼니 잘 챙겨~!

으... 캐릭터 시안만
벌써 몇 번째야?!

친숙하지만
새롭게 해달라니.

프랑스 느낌의
김치 맛 같은
소리 하네!

파랑씨 오늘도
야근할 거예요?

힝... 네...

저도 야근인데
같이 저녁
배달시킬까요?

66

그 밤

언니는 지금쯤 자고 있을 테고,

모모는 늦게 왔다고 잔소리하려나.

어느 날은 말을 너무 많이 해서
부끄러웠고

듣기 좋은 말들이면
좋은 관계를 유지할 수 있을 거라는 생각.

애오옹!!

애오~ 애오!

미안미안.
이제 그만 울어~
지나 언니 깰라.

아... 졸려...
샤워...해야
하는데...

또 어느 날은 말을 제대로 하지 못해서
부끄러웠습니다.

그것이 문제였을 수도 있습니다.

언제 말을 꺼내야 하는지
얼마나 솔직하게 얘기해도 되는지,

물론 그런 것들도 어려웠지만

입술이 가장 무거워지던 때는

침묵보다 나은 말을
찾지 못하는 순간이었습니다.

#하고 싶은 말

고요한 밤

언니에게 해줄 수 있는
적절한 말을 찾았지만

언니, 저예요.

...

나 때문에 깼어?
미안해...

뜬금없지만요.

저랑...
음악 들을래요?

아무리 생각해도 떠오르지 않아
다른 소리를 대신했습니다.

저 어릴 때요.
엄마랑 단칸방에서
살 때,

새벽에 엄마가
몰래 우는 소리를
들은 적이 있어요.

그날따라 엄마가
아무 말도 하고 싶지
않아 해서...

By My Side

옆에서 계속
잠든 척했거든요.
엄마도 그걸
원할 거 같아서.

근데 내내
후회되더라구요.
손이라도 잡아줄걸
하고...

아무것도 안 물을게요.
언니도 말 안 해도 돼요.

그냥...
음악 끝날 때까지만
우리 이러고 있어요.

말이 쓸모없는 순간이 있다고,

서로 다른 이유로
각자의 소리를 삼키는 밤.

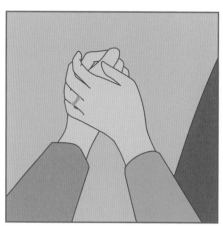

단어보다는 체온이 필요한,
그런 날이 있다고 생각했습니다.

하지만 고작 그런 고요함이라도
같이 나누고 싶은 밤이었습니다.

72

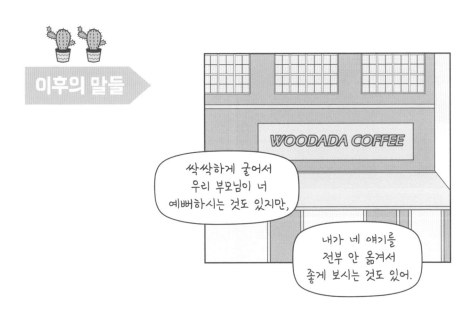

결혼은 둘이 하는 건데 인생은 혼자라는 것만 제대로 느끼고 있다니까.

키워준 부모님하고도 안 맞을 때 많으니 남은 오죽할까 싶긴 해요.

무엇이 힘들고 어떤 일들이 있었는지
그날 밤 이후로도 언니는 말을 아꼈습니다.

부모님... 하아. 가족이 대체 뭔지.

집안끼리 가족이 된다는 건 또 뭐고.

내 얼굴에 침 뱉기 같아서 어디 말도 못 하겠고...

언니는 속이 깊네.

저는 몇 가지 단어들로 상황을 짐작만 하고
적절히 해줄 말을 몰라 여전히 헤맵니다.

**다음에도 우리의 말들은
조금씩 어긋나겠지만**

**말 없는 대화도 있다는 걸 알기에
이제는 덜 망설일 것 같습니다.**

듣고 싶은 말, 듣지 못한 말.
할 수 없던 말, 하고 싶은 말.

조금씩 엇물리지만 그래도 계속하게 되는
말들에 대한 기분.

#기억나는 사람

응원하는 사람

데이트인데
일해서 미안...
금방 마무리할게!

괜찮아.
난 다른 거
하고 있지 뭐.

주말에 출근한
클라이언트도 불쌍하고
나도 불쌍해...

전송 완료!

다다야,
나 다 했어!
뭐 봐?

곧 개봉하는
영화 예고편인데
너도 봐봐.

여기 나오는 배우가
나랑 아는 사이야.

궁금한 사람

어떻게 사는지
문득문득 궁금하지만

다다 때문에
수진 선배
생각나서요.

잘되길 바라던
사람이거든요.

연락처 있는데
알려줄까?

술 먹고 펑펑 울던
모습이 인상 깊어서...

저도
전화번호는 있는데,
따로 연락할 만큼
친했던 건 아니라...

연락은 어쩐지 머뭇거리게 되는
사람들이 있습니다.

가까운 건지 아닌지 헷갈리는 관계.

으... 그거 요즘
내 고민 중
하나인데!

하긴...
애매한 사이들
진짜 많지.

청첩장 줄 만큼
친했는지 고민되는
사람들 있어.

그리움인지 호기심인지
분간되지 않는 마음.

그런 모호함 속에서 생각합니다.

나는 누구에게
소식이 궁금해지는 사람일지,

누가 나를 언제 떠올릴지를.

기억해주는 사람

파랑아!!
영화 시작해!!!

민규야, 나 지금
영화관이라~ 나중에
내가 전화할게~

그리고, 저 자신은 누군가의
안부를 궁금해하면서

휴... 살았다.
언니 고마워요.

누군데
그렇게 질색해?

타과 후배인데...

종종 반대의 생각을 하기도 합니다.

누군가는 나를 영영 잊고
살아주면 좋겠다고 말입니다.

전에 제가 술 먹고
진상 부린 적이 있어서...

애오~

84

#이유 (1)

연락한 이유

누나! 연락 좀 하구 살아. 얼굴 까먹겠어.

MOMORICANO COFFEE
Since 2014

하핫. 민규 너한테 연락하는 건 마음의 준비를 필요로 해서...

헤어진 이유

근데 난 그런 거 진짜 아니었거든.

수학 공식도 아닌데 왜 그렇게 결론을 내고 헤어지자 하는지...

쌓인 게 있었나... 평소에는 표현 많이 해줬어?

아닌 거 같아. 못 해준 것들만 생각나는 거 보면.

아! 누나는 혜수 바뀐 번호 알지?

스터디하던 멤버 중에선 둘이 제일 친했잖아.

미안... 상황이 이런 거면 나도 말 못 해줘.

차라리 술을 사줄게.

연애의 단면

먼저 연락 왔을 때도
술 먹고 있었지.

애가 후폭풍이
오는 타입인가.

와~ 언니.
웬 꽃이에요?

헷. 예쁘지?
진언이가 줬어.

며칠 동안은
꽃 보면서 잠깐이라도
웃었으면 좋겠대.

91

#이유 (2)

괜찮은 이유

혜수야. 내가
관여할 일은 아니라
조심스럽긴 한데...

민규랑
헤어졌다며.

가끔 오빠 생각하긴 해요.

힘들었지만, 사귄 건 후회하지 않아서.

근데... 이상하게... 헤어진 것도 후회 안 되던데요?

후회 없는 이유

언니도 알잖아요. 내가 오빠 많이 좋아했던 거.

음, 알지알지.

꽐라 누나와
쿨한 언니...
간격이 크네.

여...러모로,
난 별로 좋은 예시가
아닐 텐데.

난 쓸데없이
자존심 부리는
때도 많고...

그리고 나처럼
한 발 빼듯 굴었으면
너, 지금 후회했을걸?

누구에게나 관계의 끝이
어떨지를 상상하는 건 쉽지 않습니다.

타인에 대한 감정은 혼자만의 것이지만,
정말 혼자가 된다면

그조차도 더는 느낄 수 없다는 게
많은 아쉬움이 되기도 합니다.

서로에 대해 알고 싶어 하지만,
우리가 알게 되는 것은

그럼에도 우리가
상대방을 계속 바라보는 건

서로 '다르다'는
분명함뿐인지도요.

그런 당연함이라도 알고 싶다는,
그 작은 이유 때문인지도 모르겠습니다.

같이 찍은
사진이다.

이토록 다르지만, 관계를 맺어가는 이유.
그 당연함에 대한 기분.

#술버릇

마셔야 해

성진이의 성공적인
이직을 축하하며, 짠!

짠!!

너 그럼 이제 속옷 디자인은 안 하는 거야?

응. 이번 회사에선 스트릿 패션 팀이야.

그것도 너랑 잘 어울려! 진짜 잘됐다~

외국계 회사니 직원 복지도 좋을 테고.

근데 일이 진짜 많나 봐.

디자이너들은 거의 매일 새벽에 퇴근한다던데.

거기도 한국화 완료됐네.

그치. 한국에 오면 야근이 기본이지.

으아~ 나도 요즘 야근 많은데.

나는 여름휴가 중에도 틈틈이 일해야 해.

짜식들~ 앓는 소리는...

나는 회사 바로 옮겨서 여름휴가도 없어!

됐다... 술이나 마시자.

오늘따라 술이 달다.

애송이들

성진이가
멍멍이 이름
지을 때

간지랑 엣지 중에
뭐가 더 괜찮냐고
나한테 묻는 거야.

그래서 내가
패션디자이너답게,

개간지!!

이거로 하랬거든?

근데 성진이가
멍멍이 이름을 짓는데
간지랑 엣지 중에...

유민 술버릇: 했던 말 반복함

성진 술버릇: 쉽게 감동함

숙취

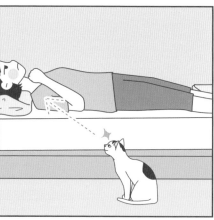

#평가

성숙한

부장님 안녕하세요.

파랑씨! 휴가는 잘 보냈어요?

주변의 평가에서
자유로운 사람은 없을 것입니다.

하지만, 평가에 휘둘리지
않는 사람은 있습니다.

...기술지원팀
사람들이네?

나 인맥도 있고
실력도 있는데?
쥐뿔도 모르면서.

당당해!
멋있어..!

넘치지도 모자라지도 않는 여유.
그것이 제가 바라는
성숙함의 모습입니다.

맞아요, 부장님~
저들은
쥐뿔도 모릅니다!

회사에서는 1년에 두 번씩 직원들의 평가서를 직접 받습니다.

직급에 상관없이 주어지는 공평한 기회이지만

아... 벌써 직원평가서 작성할 때가 됐나.

받은 메일 ✕

3. 회사에 건의하고 싶은 사항은 무엇입니까?

4. 자신이 소속된 팀원들에 대한 등급 평가와 그 이유를 적어주세요.

그걸 그대로 자신에게 대입하는 일은 꽤나 많은 고민을 필요로 합니다.

그리고, 제가 어렵다고 여기는 문제들은

5. 자신의 업무 능력에 대한 등급 평가와 그 이유를 적어주세요.

이제 겨우 두 번째지만... 볼 때마다 5번이 제일 어렵다.

자랑만 할 수도 없고 단점을 적을 수도 없고...

'적당히'라는 단어의 모호함에서 비롯되는 것만 같습니다.

선택

평가받는 일은 언제나 조마조마하지만,

**제가 남들보다 조금 더 면역이 있는
사람이라고 믿고 있기는 합니다.**

대학을 다니던, 4년 동안
제가 쓴 글을 비평받은 경험 때문에요.

장점이나 단점으로 읽히는
부분들이 같을 때도 있지만

윤파랑 학생 소설
합평 시작하겠습니다.

이미지가
강렬해서
좋습니다.

이렇게까지
강하게 쓸 필요가
있을까요?

문체가 마음에
듭니다.

문장에서
여성 작가인 느낌이
너무 강해서 별로...

* 합평: 여러 사람이 모여서 작품에 대한 의견을
주고받으며 비평함

상반된 의견이 나오는 경우가
더 잦았는데

나중에는 그 점이
다행스럽게 느껴졌습니다.

이렇게나 시선이 다르다면

마지막 부분의
의미가 모호합니다.

저는 결말이
마음에 들었는데요.

무엇을 받아들이고 무엇을 지나칠지를
제가 직접 선택할 수 있으니까요.

그 생각은 여전히 유효합니다.

평가에서 자유롭지 못하지만,
그것에 나를 전부 의지하고 싶지도 않습니다.

그러니까 지금 제게 필요한 '적당히'는

필요 없는 것들은 흘러보낼 수 있는
용기인지도 모르겠습니다.

#반짝임 (1)

혜은의 소식

파랑쓰~
나 없이 어떻게
지내시남?

흑. 너 보고 싶어서
매일 훌쩍이며 지내.

혜은이는 힘든 거 겪어봤으니 더 잘 해내겠지?

원하던 길 다시 가는 거 같아 다행이네.

누구나 빛이 나는 무언가를 지니고 있다고 믿습니다.

하지만 모든 빛이 눈이 부시도록 환한 건 아니지요.

나도 좋은 소식 들려주면 좋겠는데...

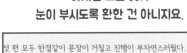

섯 편 모두 한결같이 문장이 거칠고 진행이 부자연스러웠다.
다. 결국 본격적으로 심사의 대상이 된 작품은 세 편이었다.
. 그럼에도 '타자되기'에 성공한 것, 인식범위를 벗어난 것은
어화된 체험들, 이 의미는 저자가 의도한 것과 다르게 간다.

신인문학상 소설 본심 진출작
- 김꼬모 : 홍차
- 김소이 : 리브레
- 나옹신 : 고양이를 부탁해
- 윤파랑 : 오늘은 애오
- 장남희 : 누구신지
- 최아무개 : 와우

어두워져가는 건지 밝아져가는 건지
구분되지 않는 어스레한 빛도 있습니다.

난 이번에도
후보로만 거론됐고.

좋은 실패란 말이
과연 성립할 수 있을까요?

당선작
내가 봐도 괜찮아서
질투할 마음도
안 들어.

모모~
너도 이루고
싶은 거 있어?

성공한 삶

나는 시나리오 완성할 테니까, 너는 새 단편소설 쓰는 거야.

어차피 지금 일정으로 신춘문예 마감 때까지는 완성 못 해.

그래도 아깝잖아~ 조금만 더 해봐. 응?

건드리지 마. 삐뚤어질 거야.

성공한 삶이란 대체 뭐려나.

이상하게 점점 더 이걸 모르겠네.

#반짝임 (2)

다다의 산타

내가 어릴 때
엄마가 그러는 거야.

다다야,
곧 크리스마스잖아.

산타 할아버지한테
편지 써서 베개
밑에 두고 잘래?

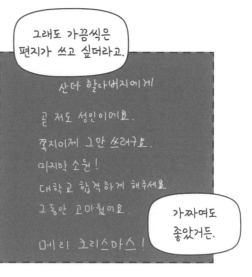

그래도 가끔씩은
편지가 쓰고 싶더라고.

산타 할아버지

오랜만에 써요. 저 이제 중학교 가요.

건강하시죠? 물론 할아버지가 없는건

진작 알고 있었어요. 그래도 종종

쪽지 남길게요

산타 할아버지에게

곧 저도 성인이에요.

쪽지이제 그만 쓰려구요.

미지막 소원!

대학교 합격하게 해주세요.

그동안 고마웠어요.

메리 크리스마스!

가짜여도
좋았거든.

나이 먹고...
산타가 부모님이라는 건
자연스럽게 알게 됐는데...

없지만 있는 것

나중에는 부모님도
안 읽어주는
편지였는데...

위로는 충분히
되더라.

귀엽고 짠한 얘기네.

그치? 혹시 모르는 거지?

자, 그러니까 한 시간만 소설 쓰는 거다? 나도 분발할게!

혹시 모르는 거다~ 진짜 산타 할아버지는 다 읽고 있었을지도.

없다고 믿으면 없는 것. 있다고 믿으면 있는 것.

아, 잠깐만. 나 그거 바꿀래. 성공한 삶에 대한 정의.

뭐로?

제가 원하는 반짝임은 결국 그런 것일 듯합니다.

**각자의 소망을 얘기하며
시간을 견디는 나날들 속에서**

사랑하는 사람에게
사랑받는 삶으로.

**누구나 빛이 나는
무언가를 지니고 있다고.**

그럼 두 번 성공했네!
나도 있고, 모모도 있고~

진짜?
모모도 나
사랑할까?

**처음으로 돌아가
다시 한번 생각합니다.**

완성한 소설

모모야,
너 이런 말
들어봤니?

실패를 다룬 소설은 성공하고,
성공을 다룬 소설은 실패한다!

그건...
성공한 사람들보다
실패한 사람들이
많아서일까...

아니...
그러니까...

애오~?

아니면, 누구나
가끔은 실패한다는 걸
확인하고 싶어서일까?

나도 실패가 나쁘지
않다고 생각은 하는데...

고양이 때문에
소설 완성에
실패한다는 건
생각해보지 못했거든?

쁘끼끼?

화장실 갔다 온 사이에 노트북 차지함

좀 비켜주라~~
응?!

까까 줄게~

그리고... 그해 여름의 저는,

**실험적인 소설은
하나 완성할 수 있었습니다.**

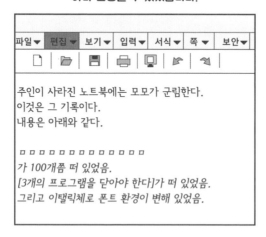

내가 믿는 모든 빛나는 것들.
반짝이는 순간의 기분.

#우리 (1)

다다의 당직날

모모경제신문
광고국

내일 자
신문이요~

감사합니다!

* 일간지의 경우, 매일 밤 각 부서의 당직 근무자가
  신문을 최종 검수함

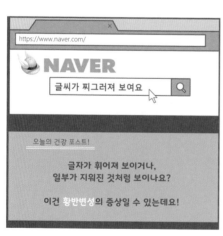

**익숙함이 소홀함으로
변하는 건 쉽습니다.**

든 자리는 몰라도
난 자리는 안다는 말처럼,

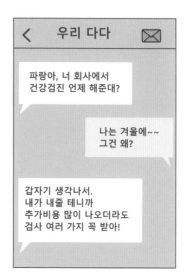

어떤 것들은 사라진 후에야
'있었음'이 증명됩니다.

제가 잘 알고 있다고 생각했던
'사랑해, 고마워, 미안해' 그런 마음들은...

절실했던 순간을 놓치고 나서야,
그들의 진짜 자리를 알려주곤 했습니다.

음...
얘가 왜
갑자기...

별일
아니겠지~

* 스타가르트: 8~15세 사이에 나타나는 양안의
  황반부 변성으로 서서히 시력을 잃어가는 희소 질환

좀 더 일찍 알았더라면 좋았을 거란 후회.

자꾸 가라앉는 기대.

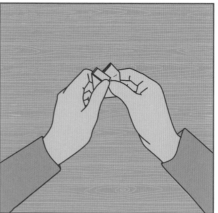

끝이 어떨지 알 수 없다는 두려움.

이게 진짜
마지막 편지였으면
좋겠다.

그럼에도 포기할 수 없던 무언가.

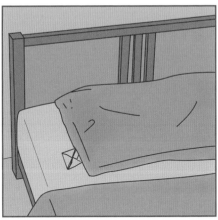

그 모든 것이 뒤섞인 채로
우리의 가을은 시작되었습니다.

별일 아니게 해주세요
아무 일도 없게 해주세요

#우리 (2)

약속

정확한 병명은
포도막염입니다.

환자님 염증 상태는...
꽤 심각한 편이에요.

서울 A 대학병원 ✚

변한 것들

같은 듯하면서도 다른 하루들이
이어지고 있습니다.

갑작스럽다고 생각한 변화들은
정말 준비할 겨를도 없이 나타난 일들일까요,

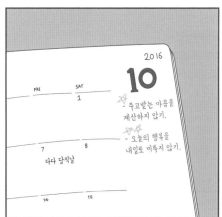

아니면, 앞에 있던 징조들을
알아채지 못한 일들일까요.

145

그리고... 변한 것은
우리들 자신일까요,

우리를 둘러싼 것들일까요.

얼마의 시간이 흐른 후에
남자친구는 제게 이야기합니다.

그 순간에는 어머니의
진심을 본 것 같았다고,

뒤늦게 받는 관심들이
서글프면서도, 또 참 따뜻했다고요.

네 검진도
내가 미리 챙겨야
했는데...

미안해, 다다야.

미안해 마세요...
그럼 잘 마실게요.

바뀌는 계절

요즘 엄마가
블루베리 주스를
자꾸 해주시는데...

블루베리 말고
다른 것들도 넣나봐.
영 맛이 이상해.

우리의 감정도
언젠가는 식을 수 있고,

살다 보면 우리에게 이보다
어려운 일들이 생길지도 모릅니다.

하지만 아직 오지 않은 불행까지
지금 예습할 필요는 없겠지요.

그렇게 우리의
20대 마지막이 지나갔고

또 한 번의 봄이
오고 있었습니다.

* 회춘: I. 봄이 다시 돌아옴
2. 중한 병에서 회복되어 건강을 되찾음
3. 도로 젊어짐

눈앞이 캄캄한 일들

남자친구가 눈 검사를 하러 가는 날은 동행자가 필요했다. 눈에 넣는 산동제(동공瞳孔 크기를 크게 하는 약) 때문에, 몇 시간 동안 시야가 뿌예지기 때문이었다. 볼 수 있는 것이 아주 없는 것도 아닌데 할 수 있는 일은 많이 줄어들었다. 텔레비전을 볼 수 없어 라디오를 들어야 했고, 턱을 못 보고 넘어질 수 있어 걸음이 조심스러워졌다. 산동제를 넣고 진료를 기다리는 동안 내가 남자친구에게 해줄 수 있는 것은 조금이라도 덜 불안하도록, 손을 잡아주는 일 하나였다.

남자친구는 현재까지 포도막염 치료 중이다. 상황은 나쁘지도 좋지도 않다. 염증 진행은 멈췄다고 하는데 그렇다고 완전히 없어지지도 않았다. 그래도 우리는 조급해하지 않기로 했다. 언제나 예상하지 못한 방향으로 예기치 않은 문제들이 끼어들었으니, 또 예상하지 않은 방향으로 문제가 해결될 것이라 믿기로 했다.

누군가 오늘 행복하냐고 묻는다면 선뜻 그렇다고 대답하진 못할 것 같다. 하지만 오늘 누가 불행하냐고 묻는다면 그건 선뜻 아니라고 대답할 수 있을 것 같다. 오지 않은 불행을 예습하지 않기. 그 말은 아직 우리에게 유효하다. 오늘의 행복을 내일로 미루지 않기. 그 말 역시 유효하다.

우리는 나란히 그리고 천천히 걷는다.
우리의 오늘을, 이렇게.

#혼자서

이사

**신혼집 준비가 끝난 언니는
먼저 이사를 하게 됐습니다.**

그리고, 예전처럼

다시 저는 혼자가 되었습니다.

빈방

이제 밤늦게 록도 들을 수 있고,

새벽에 라면 끓여 먹어도 되겠다.

혼자 있는 일은
어릴 때부터 익숙한 일이었습니다.

근데 왜 오늘따라 밥맛이 없니.

그렇지만, 북적거리던 명절을 지낸 후나
친구들을 만나고 텅 빈 집에 돌아오는 날이면

방 비어 있으니 이상하네.

쓸쓸하다는 느낌을
떨칠 수 없었습니다.

그처럼, 제가 외롭다고 느끼는 때는
오래도록 홀로였을 때가 아니라

이건
익숙하지가
않아.

아... 허전하다.
집도 마음도.

여럿이었다가 다시
혼자가 되었을 때였습니다.

언니...
돌아와요...

156

혼자라는 것

> 모모야, 나 출근해~
> 밥 잘 먹고
> 쁘끼끼 신나게 해~

> 애옹~

혼자라는 걸 절감하는 순간은
무수히도 찾아옵니다.

> 지금 집 계약
> 끝나가는데...

> 나도 슬슬
> 이사 준비
> 해야지.

> 헉.
> 은국씨다.

> ...먼저
> 인사하기
> 싫은데.

157

물론, 사람들 사이에 있어도
외로울 수 있듯

아무도 없는 게
나을 때도 있지.

혼자라고 항상 외로운 건
아닙니다.

어..?!

그러니 그저 믿는 수밖에요.

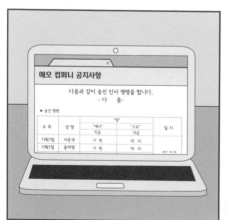

애오 컴퍼니 공지사항

다음과 같이 승진 인사 명령을 합니다.

- 다 음 -

● 승진 명령

소 속	성 명	"에서"		"으로"	일 시
		직급		직급	
기획1팀	서온국	사 원		대 리	
기획1팀	윤파랑	사 원		대 리	2017. 03. 06.

굳이 누군가에게 기대지 않고도
나는 나를 잘 다독일 수 있다고 말입니다.

그치만...
나 잘 해낼 수
있을까?

#앞길

목표

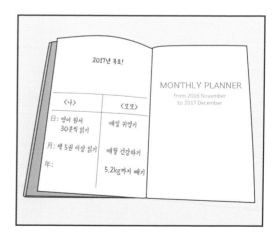

2017년 목표!

MONTHLY PLANNER
from 2016 November
to 2017 December

〈나〉 〈모모〉

日: 영어 원서   매일 귀엽기
30분씩 읽기

月: 책 5권 이상 읽기   매월 건강하기

年: 5.2kg까지 빼기

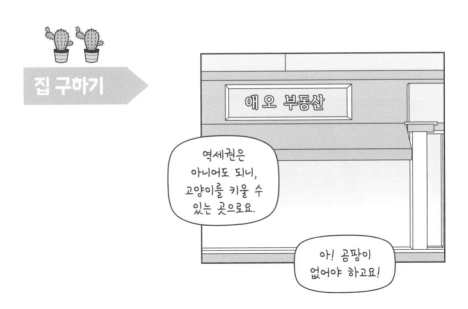

두려움도 저와 함께
나이를 먹는 걸까요.

나이가 들수록 씩씩해질 줄 알았는데,
오히려 초조함만 늘어난 느낌입니다.

이 빌라
깨끗하고
괜찮아요.

괜찮은데 1층이네.
치안 괜찮을까.

여긴 신축
오피스텔이라
아가씨들에겐
딱이에요.

한강이
보이는 데서
살아보고 싶다.

하지만
비싸겠지...

이 아파트는
연식은 좀 있어도
튼튼해요.

오래되어
보이긴 하네.

혼자 살기엔
평수도 넉넉하고.

162

하지만, 서른의 저는 행복과
타협하는 법을 알고 있습니다.

가고 싶은 목적지와 제가 머무를 도착지가
매번 같을 순 없다는 것도요.

향하는 곳

생각하지 못했던 일들을 겪었고,
생각하지 않았던 일들이 남았습니다.

슬슬 소개해야
할 거 같아서.

나야 좋지~
그날 신경 써서 입고
가야겠다!

결혼 생각
있다고 하면
더 놀라시겠지?

가고 싶은 방향은 이쪽인 것 같은데,
어디에 다다를지는 저도 알 수 없습니다.

애오아아앙~

그래도 꾸준히 가다보면...
어제보다는 오늘 더, 내가 바라던 곳에 가까워져 있겠죠.

부디, 이 여정의 끝에서

제가 기다리던 행복을 만났으면 좋겠습니다.

165

#결혼식

신부대기실 ➡

예식홀은 여기인 것 같은데...

신부대기실은 저기인가봐~

지나 언니~~ 저희 왔어요~

누님! 오늘 완전 아름다우십니다!!

파랑아! 다다야!

일찍 도착했네~ 와줘서 고마워!

어쩜 좋아. 나 진짜 결혼하는구나.

너희 보니 실감난다... 으어엉...

언니 좋은 날에 왜 울어요~

언니가 우니까 나까지 괜히...

예식

난 지나가 결혼할 줄 몰랐어.

나도~ 결혼이라면 질색을 하더니.

늦었지만 얘도 결혼을 하긴 하네.

왜 이렇게 감동적이냐. 내가 다 눈물 난다.

철부지 딸 시집 보내는 거 같지?

파랑아... 내가 신부 측 결혼식은 많이 안 다녀봐서 그러는데...

결혼식이 이렇게 슬픈 거였어?

응? 뭐라고?

미안. 우느라고 못 들었어.

기념사진

부케를 던지는 것은, 신부가 다른 사람에게
행운을 나눠준다는 의미라고 합니다.

그냥 주어지는 행운이
제게도 있을까 싶지만

돌려주고 싶은 값진 마음들은
도처에 있는 것 같습니다.

제가 바라는 행운은
사랑하고 사랑받는 일에 주저함이 없는 것,

언니 진짜
연습했구나!

그리고 시간 뒤에 오는
'다시'라는 기회를 믿는 것입니다.

사진 한 번
더 찍을게요~
다시 부케 던져주세요!

다시 나눠주고 싶은 값진 순간들.
서로의 행복을 비는 기분.

#퇴고

새집

파랑아, 이 박스는 어디에 둘까?

박스에 책이라고 적혀 있는데.

실수들

응, 엄마. 이사 끝났어.
주말에 보러 오세요~

알았어~
근데, 파랑아.
네 고모한테
연락 왔는데...

네 아빠가
요즘 무슨 일이
있는 건지..

너 잘 지내는지
연락해보고
싶다는데.

싫어. 진짜 싫어.
내 연락처 알려주지 마.
절대 안 돼.

...알았어.
그럼 주말에 보자.

179

썼던 글을 고치고 다듬는 과정인 '퇴고'.
잘만 한다면 이전보다 발전할 수 있는 단계입니다.

학생 때의 저는, 소설을 완성한 뒤
최소 몇 주는 묵혀두곤 했습니다.

잊고 지내다 다시 꺼내 읽어봤을 때에야
부족한 부분들이 더 잘 보였기 때문이죠.

아, 이거.
졸업작품이라고
엄청 수정했었는데.

지금 보니
아예 갈아엎고
싶군.

일도, 삶도, 관계도 이 과정과 비슷해서
바꿔야 할 부분은 나중에야 잘 보이곤 합니다.

하지만 어떤 문제들은
퇴고할 여력이 없기도 했는데,

고칠 게 너무 많아서인지
고치기엔 너무 오랜 시간이 흘러서인지는
저 자신도 알 수 없었습니다.

#가족 (1)

다다 소개

여기 식당 음식 깔끔하고 맛있다~

애오 한정식

다음에도 좋은 식당으로 모실게요, 어머님!

여기가 새집이구나.

이사하느라 고생했겠다.

다다가 도와줘서 편하게 했어.

오늘 직접 보니 다다 참 괜찮더라. 예의 바르고 싹싹하고.

내가 맛있게 먹었다고 따로 챙겨줄 생각도 해주고~

점수 따는 데는 역시 먹는 게 최고구나.

맘에 들었나보네~ 아! 마실 거 드릴까요?

그냥 물 줘.

185

엄마와 딸

**엄마마저 날 버릴까봐
조마조마했던 날들이 있었습니다.**

**아무도 내 걱정은
해주지 않는 것 같아 외로웠고**

나를 포기해주지 않는 사람이 있다는 게,
안심이 되면서도 죄스러웠습니다.

애는 내가 키워줄 테니
재혼 자리 알아봐.

엄마도 엄마니까 알잖아요.
내가 쟤를 두고 맘 편히
어딜 갈 수 있겠어...

할머니는 엄마를, 엄마는 나를
걱정하는 그 마음을

울엄마

벌써 도착하셨나?

과연 저는 얼마나 이해할 수 있을까요.

파랑아,
너 어디니.

나는 진작 집 들어왔지.
벌써 천안이야?

흑... 어떻게 해.

엄마... 울어?
왜 그래?

151

#가족 (2)

봄에

꽃들이 만개하던, 봄의 어느 날이었습니다.

그날의 기억은 많이 뭉뚱그려져 있지만,
날씨가 참 좋았다는 것은 분명하게 기억이 납니다.

누군가를 떠나보내기엔 너무 화창한,

그래서 더 슬픈, 봄날이었습니다.

아빠...

삼일장

파랑아...

괜찮아?
많이 힘들지...

왜 너희가
울고 그래~

난 괜찮아.
그만 울어.

상주가 되어 경험하는 장례식은
조금 달랐습니다.

저는 돌아올 수 없는 사람을 위해 울었고,
제 소중한 이들은 남겨진 저를 위해 울었습니다.

저만 늦게 와서 죄송해요. 출장 중이었어요.

...힘내요, 파랑씨.

슬픈 일을 겪으면서, 고마운 사람이 조금 더 늘었습니다.

천안까지 와줘서 고마워요.

납골당

천 안 추 모 공 원

그리고 이기적인 저는,
죽음 앞에서도 아빠를 전부 용서하지 못했습니다.

그렇게 하루아침에
풀 수 있는 감정이 아니었고,

결국 붙여놓을 건
이게 전부네.

그리움과 원망은
별개의 것이기도 했습니다.

1497

1960.05.20. – 2017.04.25.

어쩜, 같이 찍은 사진이 단 한 장도 없었지.

하지만, 제게 과거로 돌아갈 기회가 주어진다면

어떻게 가족사진이 하나도 없을 수 있어.

아빠와 둘이 사진 한 장 정도는 찍어놓겠다고,

꼭 그러겠다고, 오래도록 후회했습니다.

없는 사진

죽음이 면죄부가 되기도 하나. 아빠를 원망하며 많은 시간을 보냈던 엄마는 아빠의 영정사진 앞에서 엉엉 울었다. 나보다 더 많이 울면서 이렇게 허망해서 어쩌느냐고, 미안하다고 했다. 나는 아빠에게 미안하다고 하지 않았다. 죽음을 받아들일 준비가 안 되어 있기도 했지만 그만큼 용서가 내게 쉬운 일도 아니어서였다.

아빠와 찍은 사진이 없다는 것을, 우습게도 납골당에서 알게 되었다.
다른 납골함 앞에는 고인과 유족들이 찍은 사진이 여러 개 붙어 있었는데 우리에게는 그런 가족사진이 단 한 장도 없었다. 나는 그게 아빠의 죽음만큼 낯설고 서글펐다. 나중에 아빠의 증명사진과 내 증명사진을 나란히 붙여두면서, 나는 처음으로 아빠에게 미안하다고 했다.

시간을 되돌린다면 우리는 좋은 부녀지간이 될 수 있을까. 스스로 계속 질문했지만 그에 대한 대답은 쉽게 할 수 없었다. 감정의 골이 그토록 깊었다. 그래서 문득문득 아빠를 생각하며 눈물 흘릴 때마다, 나는 내가 이해되지 않았다.

지금은 안다. 원망해도 그리워할 수는 있고, 미워하면서도 사랑할 수 있다는 것을.

시간을 되돌린대도 나는 아빠와 좋은 부녀지간이 될 수는 없을 것이다. 하지만 같이 찍은 사진 한 장 정도는 남겨둘 수 있겠지. 그리고, 한 번쯤은 솔직하게 말해볼 수도 있을 것이다. 나 아빠 진짜 밉고 싶은데, 가끔은 아빠가 진짜 너무 많이 보고 싶다고.

#정리

지치는 일들

애오 법무사 사무소

그러면 제가 주중에
한 번 더 천안에
가봐야겠네요?

네... 저희는 아버님
채무관계 정리해서
서류 보내드릴게요.

해야 할 일들

애도는 떠난 사람을 위해서가 아니라
남은 사람을 위한 의식이라고 들었습니다.

상실을 인정하고 상처를 받아들이는 과정이라고요.

하지만, 수많은 절차와
버거운 책임들부터 처리해야 했습니다.

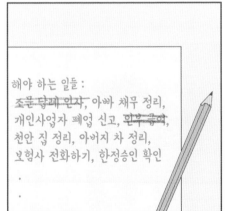

게다가 용서와 미움 사이에서
혼란스러운 건 저뿐만이 아니었죠.

앞으로 몇 번의 상실과 상처를 더 거쳐야
어른이 될 수 있는 걸까요.

그리고, 내가 나로 살아가는 일이
부끄럽지 않으려면 무엇이 더 필요할까요.

방향

내가 일 때문에
부조금만 보낸 게
마음에 걸려서
밥이라도 사주고 싶었어.

선배 고마워요~
잘 먹을게요.

아, 맞다.
늦었지만 축하해야지.
선배, 잡지 부편집장
됐다면서요!

어쩌다가
그렇게 됐어~
넌 회사일 어때?

저도 어쩌다가
승진까진 했는데...
너무 정신없어요.

아버지가 작은 회사
운영하셨어서 제가
처리할 것도 많고...

마음이 복잡한데
그걸 정리할 겨를도
없더라고요.

현실적인 문제들
때문에.

내 예전 모습
보는 거 같네.
사랑 사는 게
다 비슷한 건지...

나중에 가장
후회할 거 같은 일
하나만 해치워봐.

그럼 나머지도
조금씩 정리되더라.

가던 방향을 잠시 바꾸려고 합니다.

가장
후회되는 일?

**서른 살. 후회도 행복도
아직 늦은 것은 아니라고 믿으며.**

#머문 자리

악수

그동안 고생 많았어요.

근데, 나 파랑씨 보고 싶어서 어떻게 하지.

두 번째 퇴사를 하게 되었습니다.

저도 부장님 많이 보고 싶을 거예요. 정말 감사했어요.

마지막으로 우리 악수 한 번 할까요?

넵!

마음 잘 추스르고, 여행도 잘 다녀와요.

그리고...

정리되면 다시 돌아와요.

나중에는 돌아오고 싶어도
제 자리가 이미 채워져 있을 걸 압니다만,

돌아오라고 말해주는 사람이 있어
덜 쓸쓸했습니다.

괜히 눈물
나려고 하네.

그래도, 끝이
나쁘지 않아
다행이다.

의자

제 하루의 대부분을
이 의자 위에서 보냈습니다.

이 자리도
이제 안녕이구나.

의자 뺏기 게임에 참여한 사람처럼,

좁고 딱딱한 저 자리를 지키기 위해
많은 시간을 아등바등했죠.

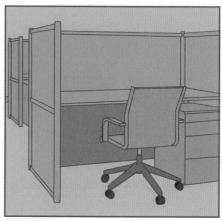

의자가 조금만 더
넓고 튼튼한 곳에서 만났다면...

우리는 서로에게 더 좋은
동료가 될 수 있었을까요.

...아니에요.
조심히
들어가세요.

잘 지내요,
은국씨.

파랑씨도요.

그저, 뒷모습이라도 나쁘지 않은 사람으로
기억되면 좋겠다고 생각했습니다.

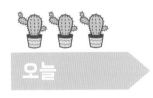

오늘

찰칵

찰칵

찰칵

모모야, 너 진짜
건방지고 귀엽다!

가장 후회하던 일을 고치고 있습니다.

어제나 내일이 아니라,
오늘 당장 할 수 있는 일을.

허물어진 마음의 자리에도

새로운 오늘이 채워지고 있었습니다.

#성장

훼방

문장들

파랑아, 원고 잘 받았어.

고료는 다음달 10일에 입금될 거야.

작은 원고 청탁들을 받으며 지내게 되었습니다.

다른 일거리도 생기면 내가 물어다줄게~

고마워요, 선배!

어떻게든 살아지긴 하는구나.

최대한 빨리, 많이 작업하자.

글감을 받아 작업을 할 때면
생각나는 교수님의 호통.

저 자신도 문장들처럼
자주 그런 실수들을 반복했습니다.

잘 쓰이진 않았어도,
잘 고쳐지고 있는 걸까요.

아직도 저는, 잘 모르겠습니다.

모모! 아직도 자고 있었어?

이러니까 새벽에 나 깨우지!

영어로 감정을 뜻하는 emotion은
'움직이다'라는 뜻에서 시작되었다고 합니다.

근데... 너 몸이 더 커진 거 같다?

많이 놀아줬는데...

아, 지금이다!

219

확실히, 마음은 너무 쉽게
흔들리고 변하고 헤매죠.

이 움직임의 끝이
제가 바라던 성장일까요.

그저, 반복해서 말했습니다.

이런 말들을 누군가
제게도 해주면 좋겠다고 바라면서.

#1인용 기분

0인용

문장아 떠올라라, 떠올라라...

그러니까 나는 몇 인용짜리 사람일까.
나는 무엇을 얼마나 나눌 수 있는 사람이려나.

저는 0인용 어른이 되었습니다.

겨우 이런 어른도,
저는 아직 어렵습니다.

사연들

회사 안 가니 혼자 있는 시간이 많아지긴 하네.

좋은 건지 나쁜 건지 모르겠지만.

저 사람... 아는 친구랑 닮았다.

근데 되게 쓸쓸해 보여.

문예창작을 전공한 이후로 친구들에게 자주 듣던 말이 있습니다.

자신의 사연을
이야기로 만들어달라는 것.

사연 없는 사람은 없다는 것을
저는 참 많이도 보고 들었습니다.

파랑 언니...
부탁할게요.

이 얘기 나중에
꼭 소설로 써줘요.

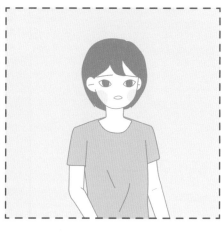

나이를 먹는다는 건
혼자만의 사연들이 쌓이는 일인지도요.

요령을 몰라, 그저 사연으로 남은 것들이
저와 제 친구들의 청춘이기도 했습니다.

너무 참아도
안 좋은데.

다들
잘 지내나.

이젠 대부분
30대겠네.

1인용

어쩌면 저는

어른이 된 게 아니라,

그냥 '나'가 된 것인지도 모르겠습니다.

한 걸음.

다시 한 걸음.

한 걸음.

다시 한 걸음.

그렇게 앞으로도
나는 내가 될 뿐이겠죠.

그것으로 충분한지도요.

1인용도 버거운 어른이지만,
내가 그저 '나'라는 사실만으로.

지금까지 『1인용 기분』을
지켜봐주셔서 감사합니다.

오늘은 홀가분

서울대 심리학과 민경환 교수팀의 논문에 따르면, 한국어 감정 단어는 쾌(快)를 표현하는 것보다 불쾌(不快)를 표현하는 단어가 두 배 이상 많다고 한다. 사랑, 행복, 기쁨 같은 단어보다 참담, 배신 등의 단어가 훨씬 많은 것이다('한국어 감정 단어 72%가 불쾌한 감정 표현', 「서울신문」 2006년 2월 15일 자). 그중 한국인이 뽑은 가장 좋은 감정을 나타내는 단어는 '홀가분하다'였고, 가장 나쁜 감정이 강한 단어는 '참담하다'였다.

처음 '나와 내 친구들의 이야기'를 만화로 그려보자고 생각했을 때 나는 이 논문을 떠올렸다. 그래서 만화의 첫 제목은 '오늘은 홀가분'이었다. 그런데 웬걸. 이야기를 짤수록 홀가분보다는 참담함에 가까운 경험담들이 나왔다. 아, 맞다. 우리가 그 유명

한 88만 원 세대였지. 나는 만화를 그리며 너무 당연해서 잊고 살던 그 사실을 떠올렸다.

제목을 바꿔야 했다. 그렇다고 '오늘은 참담함'으로 제목을 지을 수는 없어서 어쩌나 싶던 차에, 서글픈 일들도 많지만 작게나마 웃는 일들도 많으니 '기분'에 맞춰보자는 생각이 들었다. 같은 듯 다른 기분들, 나눌 수 없는 기분들, 울고 웃는 우리 세대의 기분들.

그렇게 탄생한 게 바로 『1인용 기분』이다.

*

조금씩 끄적거리던 만화는 연재 제의보다 출판 제의를 훨씬 많이 받았다. 모두 실력에 비해 과분한 제의였지만 욕심이 났다. 그래서 모든 계약을 미루며 조금만 더, 조금만 더, 하는데 네이버 웹툰에서 연락이 왔다. '됐어, 이거면 됐다고!' 난 그때 내 욕심이 끝났다고 생각했다.

물 들어올 때 노 저어야지. 그 말에 충실하며 반년 정도를 노 젓느라 정신없이 지냈다. 잠을 줄이고, 친구들과의 약속을 줄이고, 고양이를 쓰다듬는 시간을 줄이며 더 욕심을 부렸다. 그러다가 문득 내 모습을 봤는데 꼴이 말이 아니었다. 건강이 많이 상했고, 친구들과의 연락도 뜸해졌고, 고양이는 책상 뒤에서 내 등만 바라보다 잠들어 있었다. 참담하다. 그때의 기분이 딱 그거였다.

그래서 애초의 계획보다 연재를 빨리 끝내게 되었다. 내가 나를 챙기고, 친구들을 만나서 사는 얘기를 듣고, 나의 하나뿐인 고양이를 더 많이 사랑해주기 위해서. 웹툰 연재가 내게는 세 번째 퇴사인 셈인데, 이전의 퇴사가 그랬듯 내 기분은 또 그렇다.

아, 홀가분하다!

오늘도 고민하는 어른이들을 위하여

어릴 때 저와 친구들은 어른 같은 어른이 없다고 투덜거렸습니다. 어른들은 자기 생각이 맞는 줄만 알지 진짜 아는 건 없다고요. 그런데 정신을 차리고 보니 우리가 그 어른의 나이가 되어 있었습니다. 어떻게 살면 행복해질 수 있나요, 열심히 산다고 사는데 왜 계속 이 모양일까요, 라며 묻고 싶은데, 우리는 이제 어른이어서 애써 괜찮은 척을 해야 했습니다.

나이만 어른이지 아직 내면은 미성숙한 사람들을 어린이에 빗대어 '어른이'라고 부른다죠. 『1인용 기분』은 어쩌다 어른이 된 사람들, 어른이들의 지루한 성장담입니다.

만화를 그리는 내내 진정한 성장이란 무엇일지를 고민했습니다. 답은 여전히 못 찾았지만 어느 하나만 정답이라는 생각은 버릴 수 있었어요. 우리는 서로 이렇게 많이 다르고, 그래서 우리는 모두 틀린 동시에 옳은 사람들이라고 생각해요.

그러니까, 여기까지 오긴 왔는데 앞으로는 어디로 가야 할지 모르겠는 어른이들은, 끝없이 묻고 고민한다는 점에서 충분히 성장 중인 거라고 조심스레 말하고 싶습니다.

온전히 만족하는 처음이 별로 없듯 첫 만화에 대해 아쉬움이 많습니다. 그저 이 만화가 어른이라서 고민이었던 모든 분에게 즐거운 물음표가 되기를 바랍니다.

1인용 기분 ③

윤파랑 글·그림

초판 1쇄 발행일 2018년 10월 5일
초판 3쇄 발행일 2023년 10월 27일

발행인 | 한상준
편집 | 김민정·강탁준·손지원·최정휴
디자인 | 김경희
마케팅 | 이상민·주영상
관리 | 양은진

발행처 | 비아북(ViaBook Publisher)
출판등록 | 제313-2007-218호(2007년 11월 2일)
주소 | 서울시 마포구 월드컵북로 6길 97(연남동 567-40)
전화 | 02-334-6123 전자우편 | crm@viabook.kr
홈페이지 | viabook.kr

ⓒ 윤파랑, 2018
ISBN 979-11-89426-16-3 04810